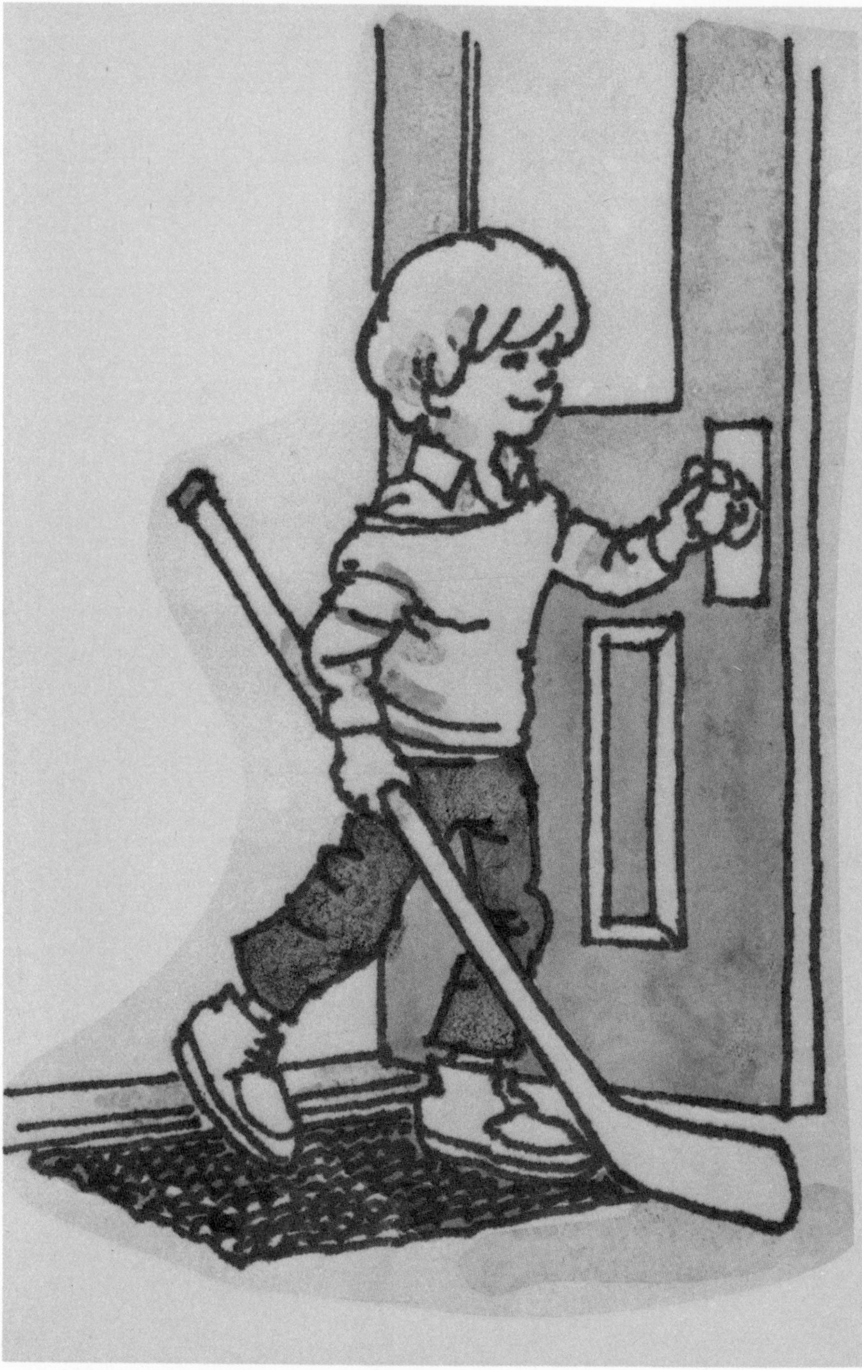

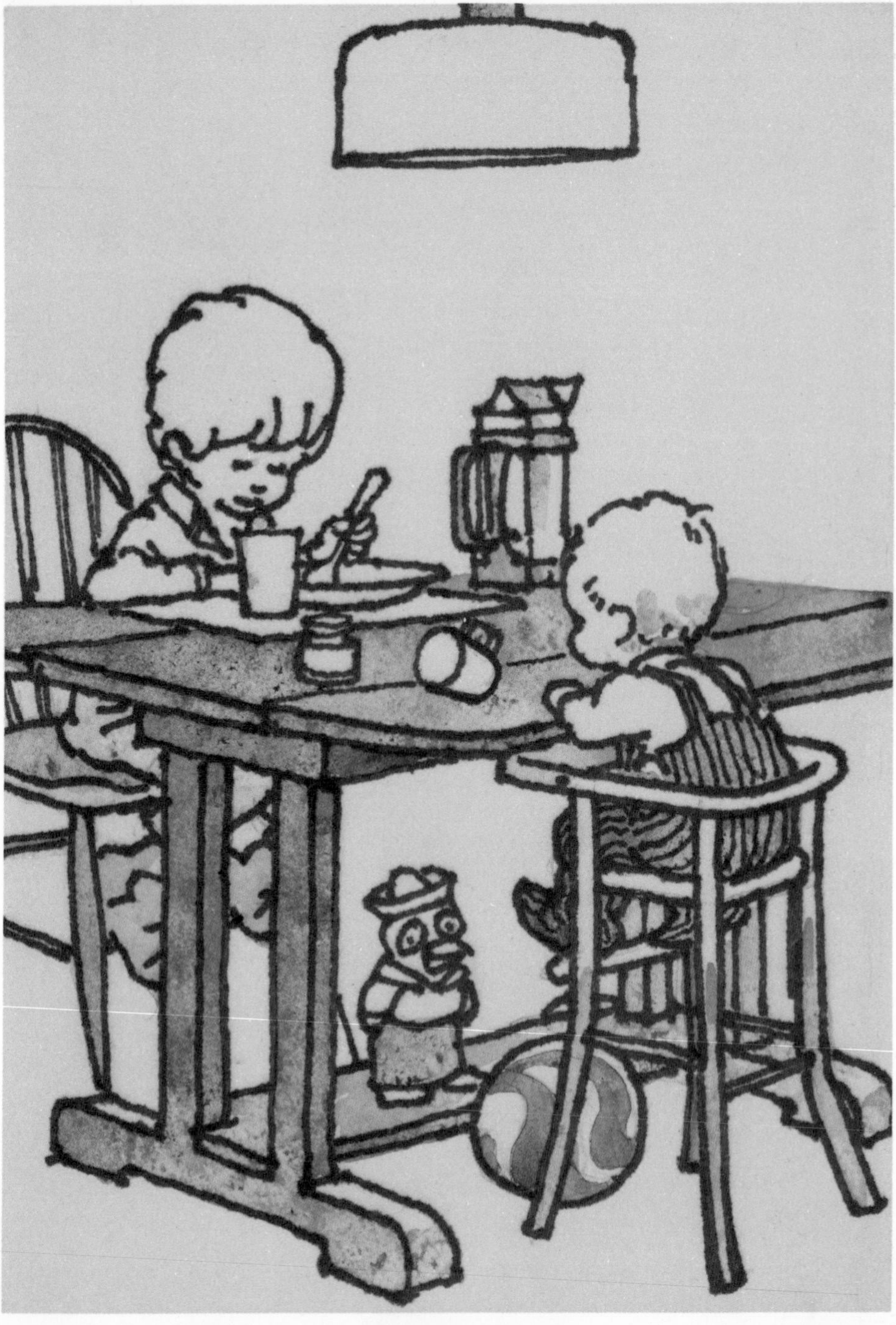

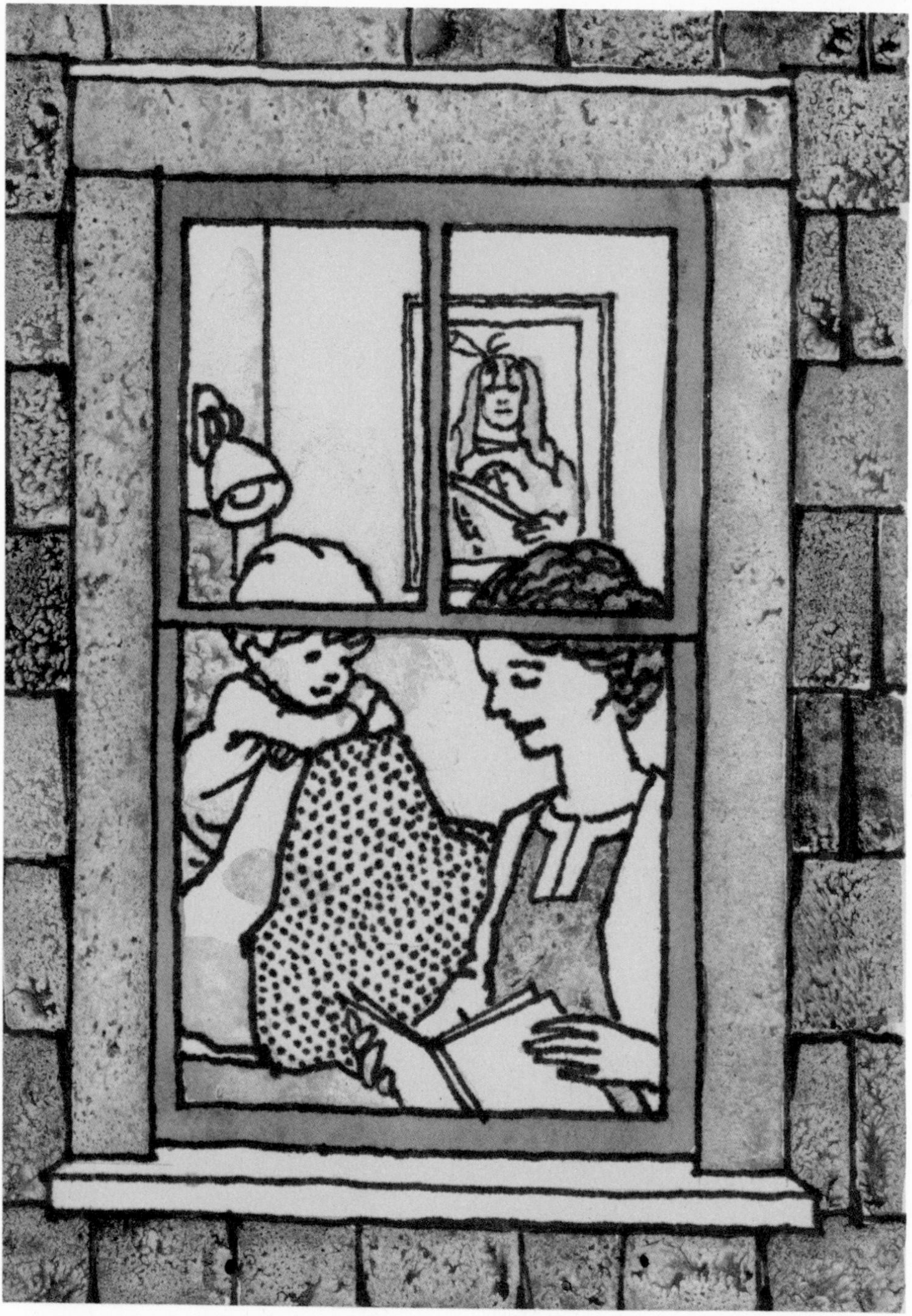

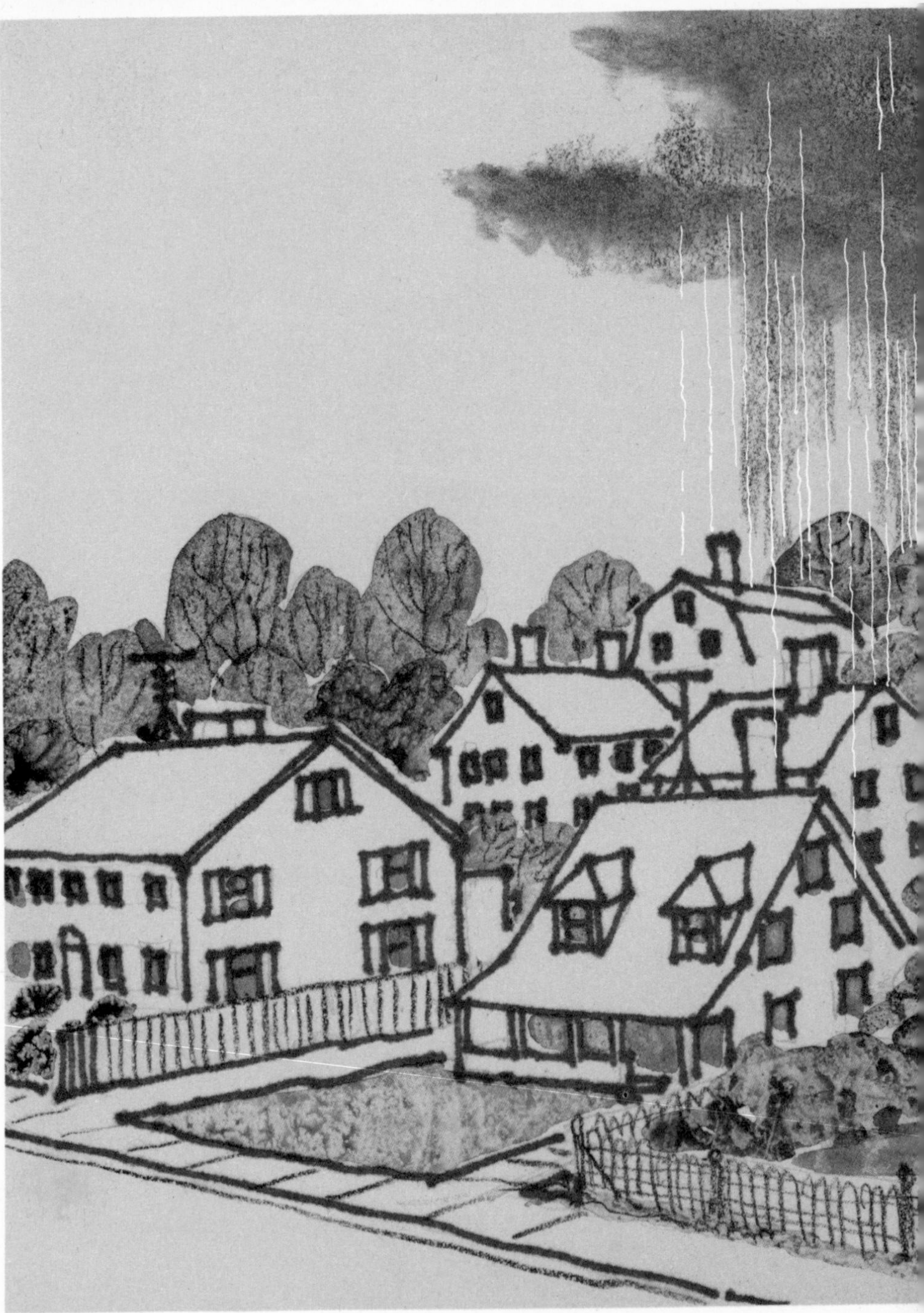

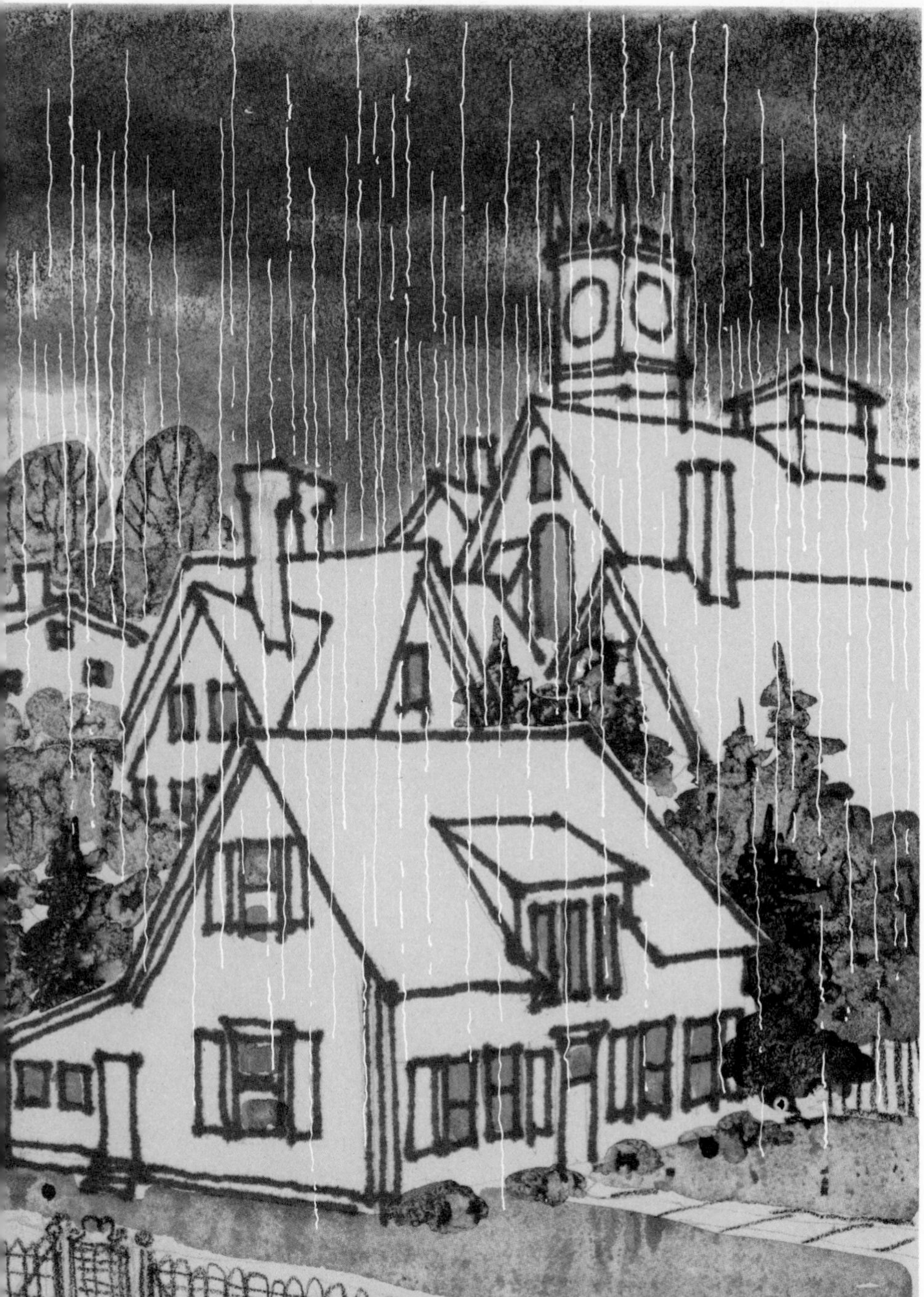

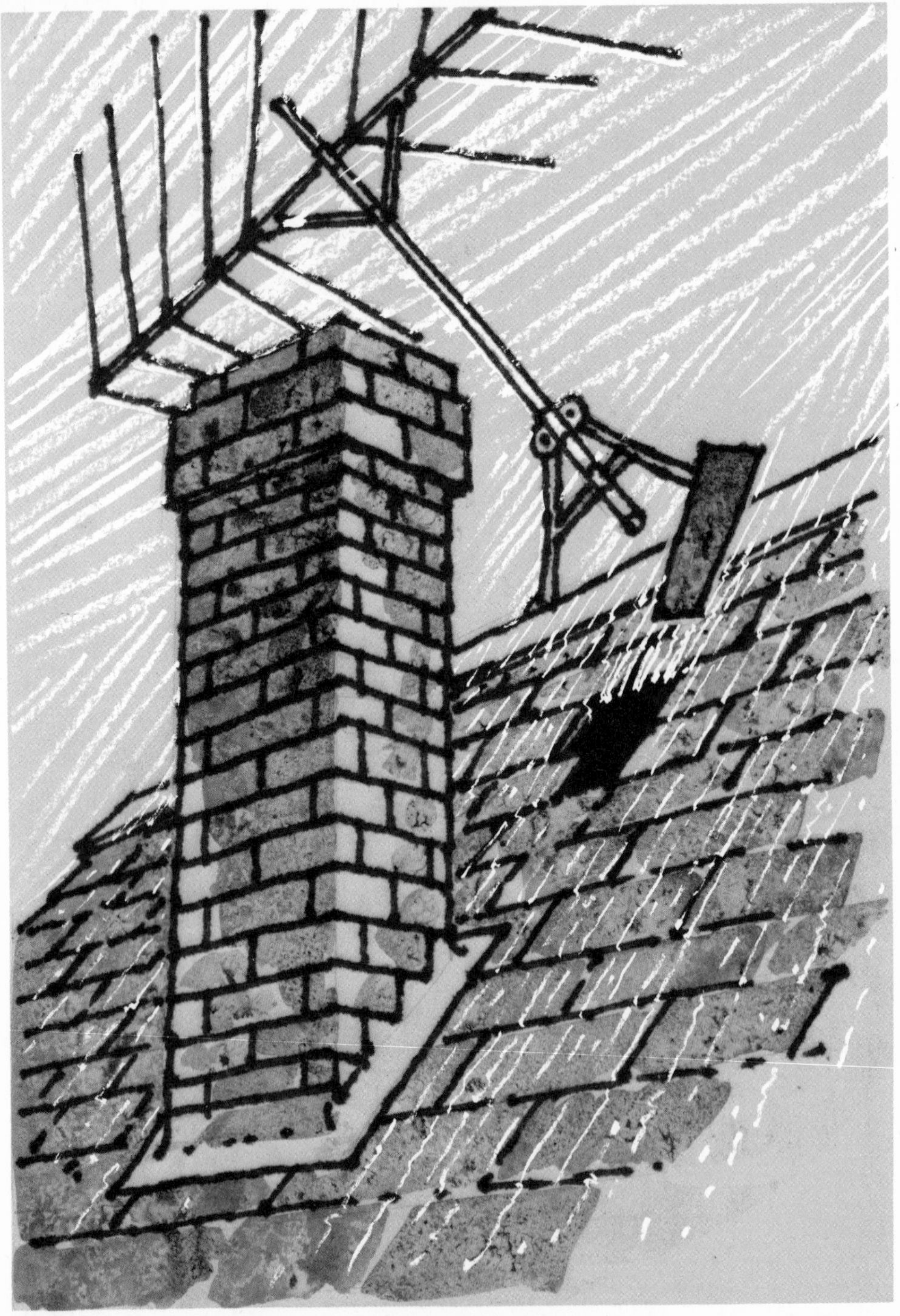

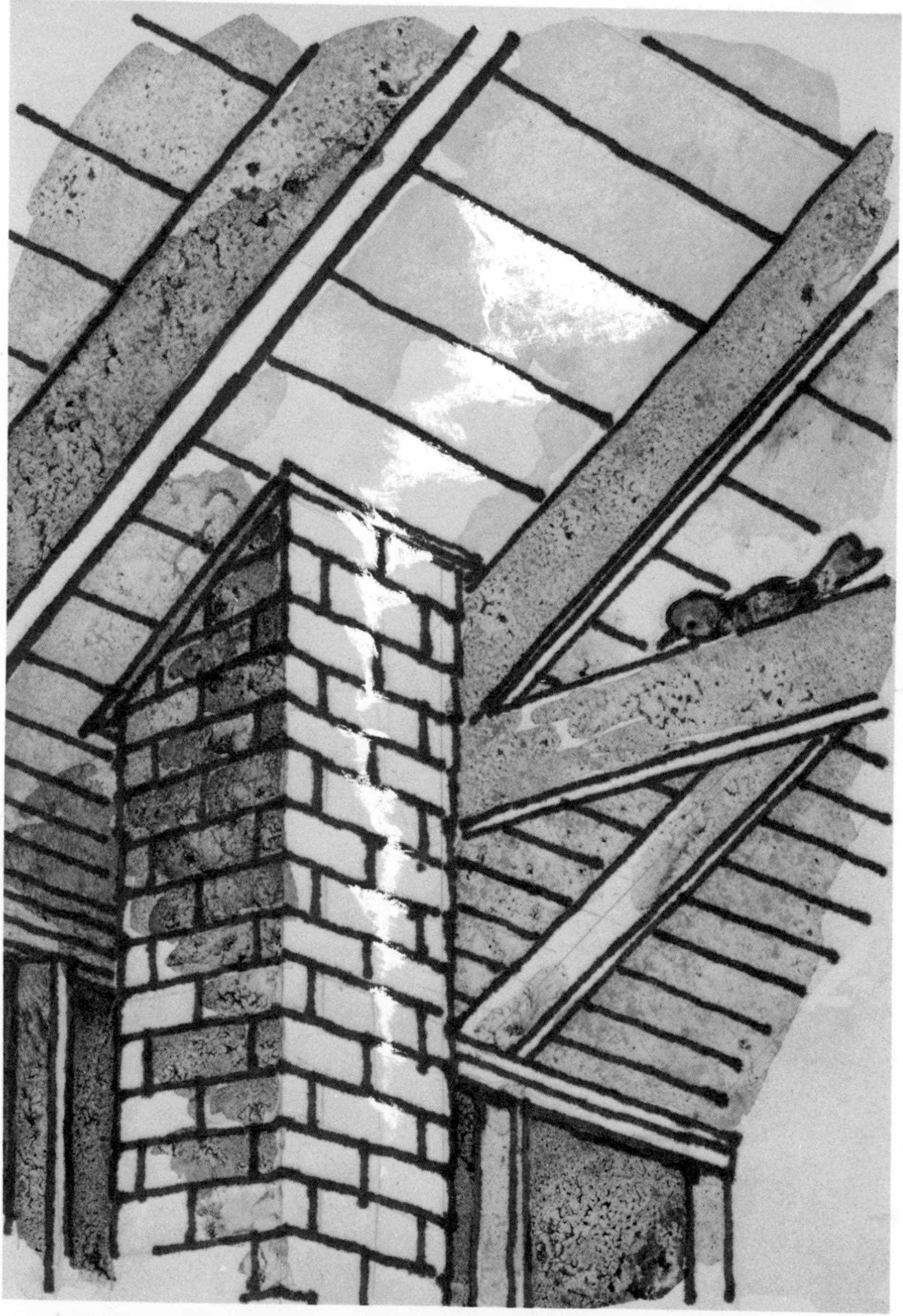

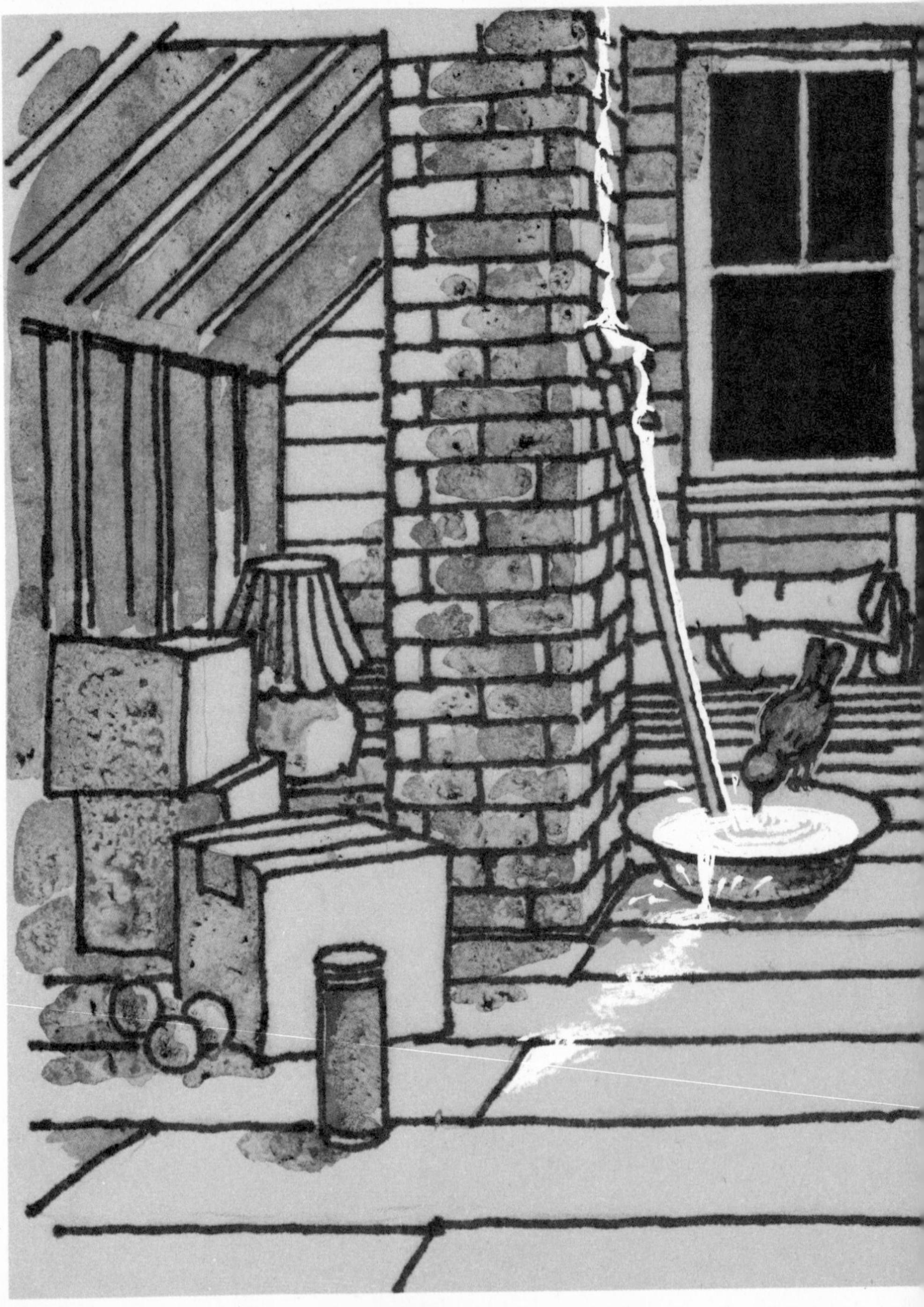

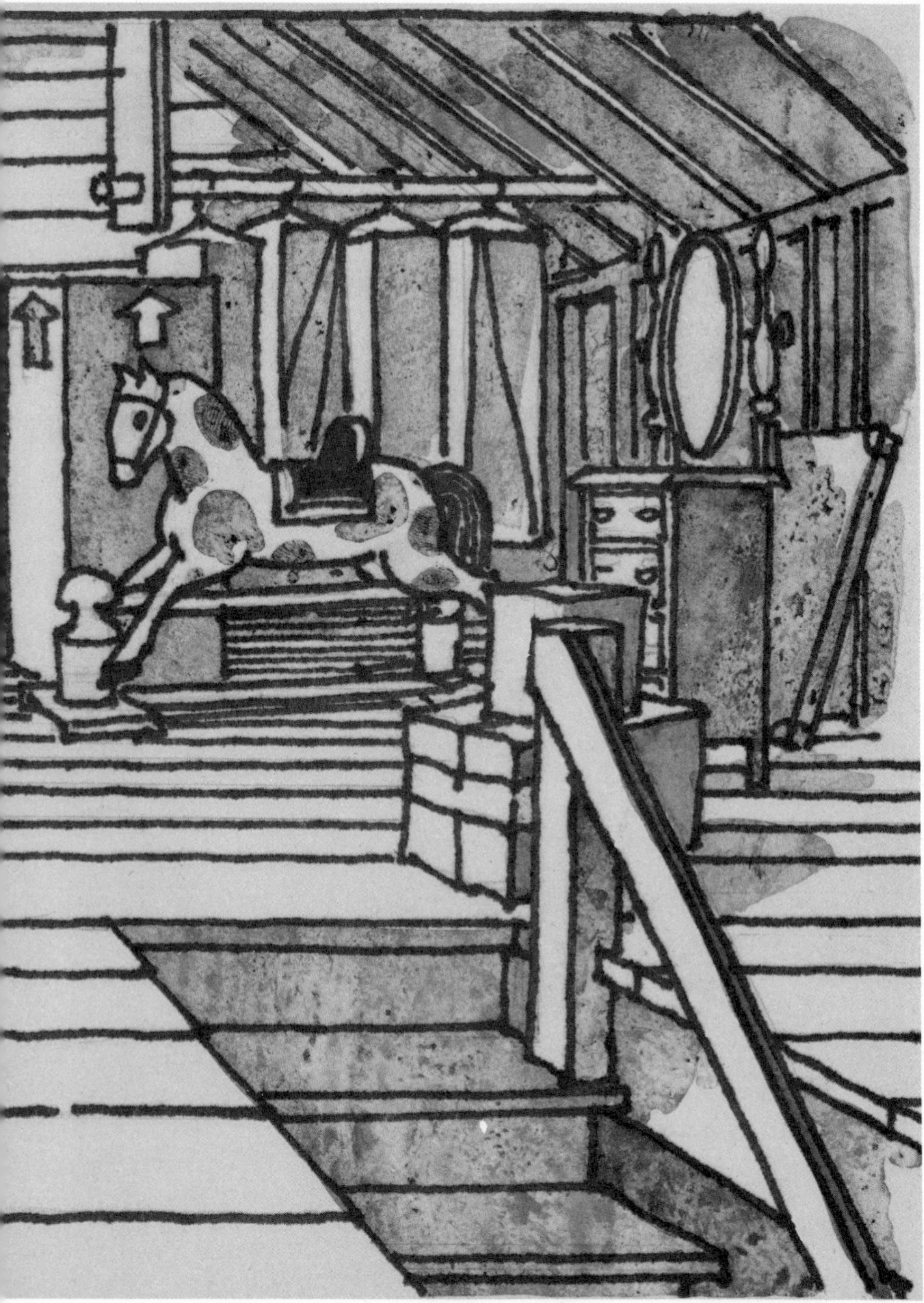

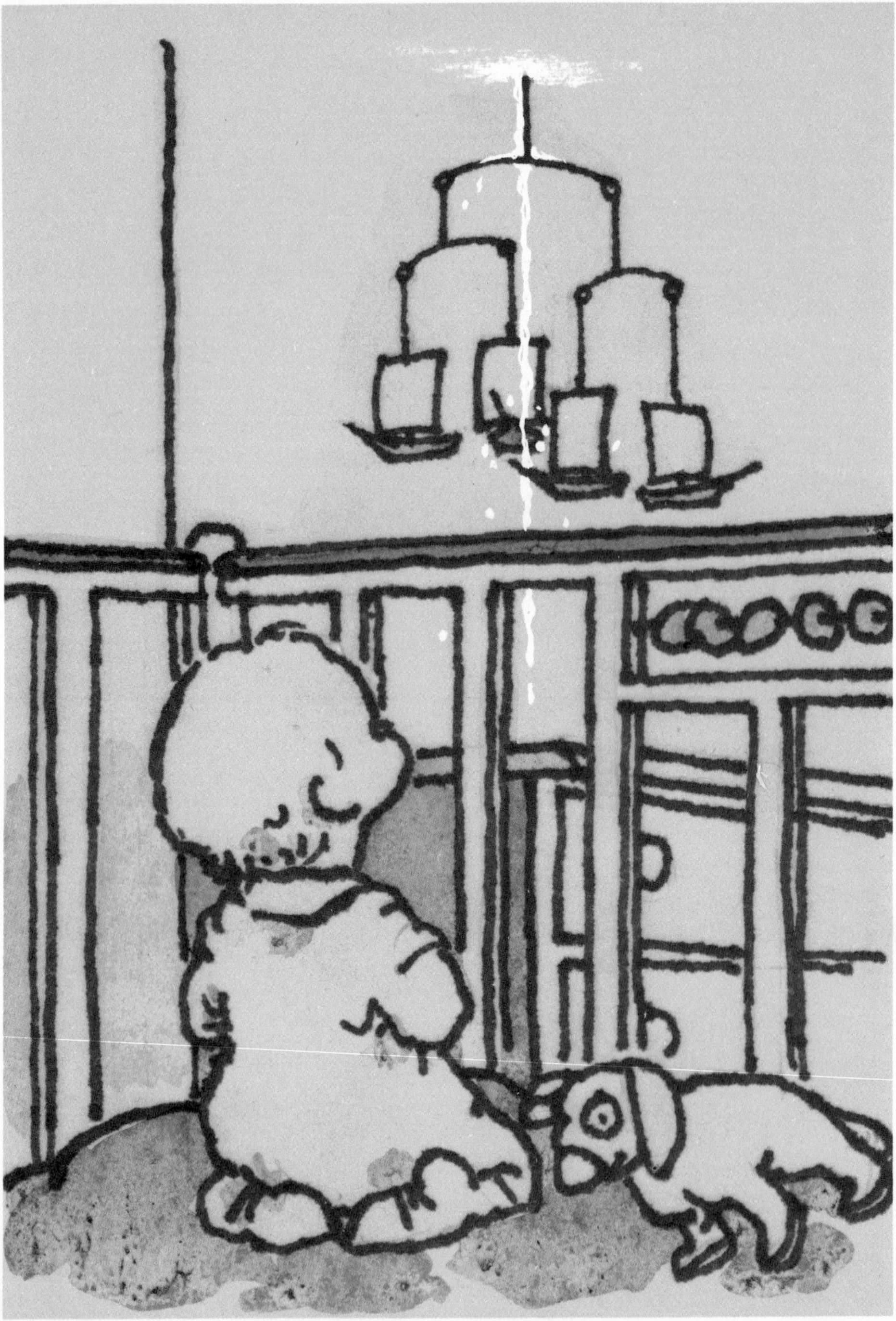

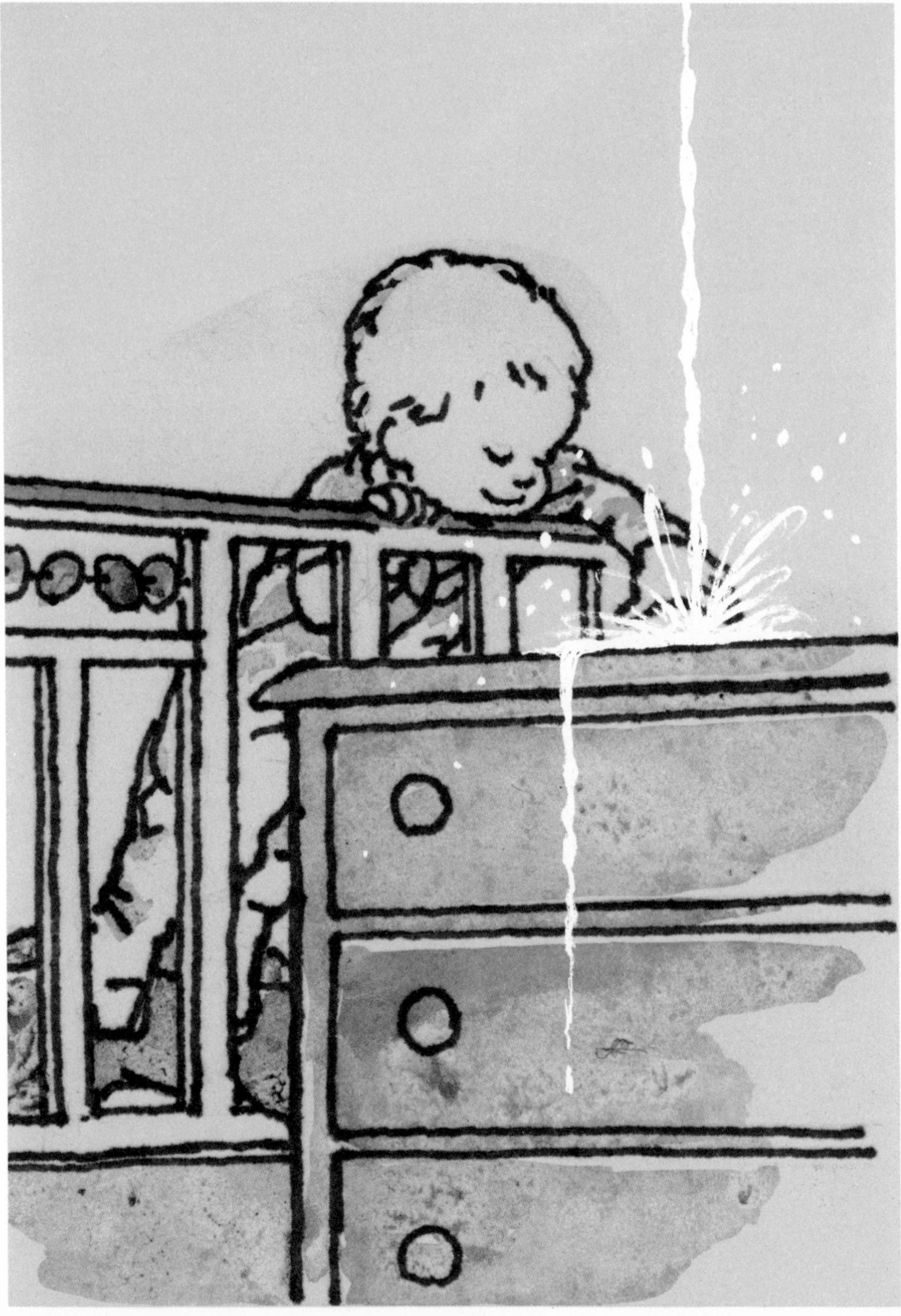

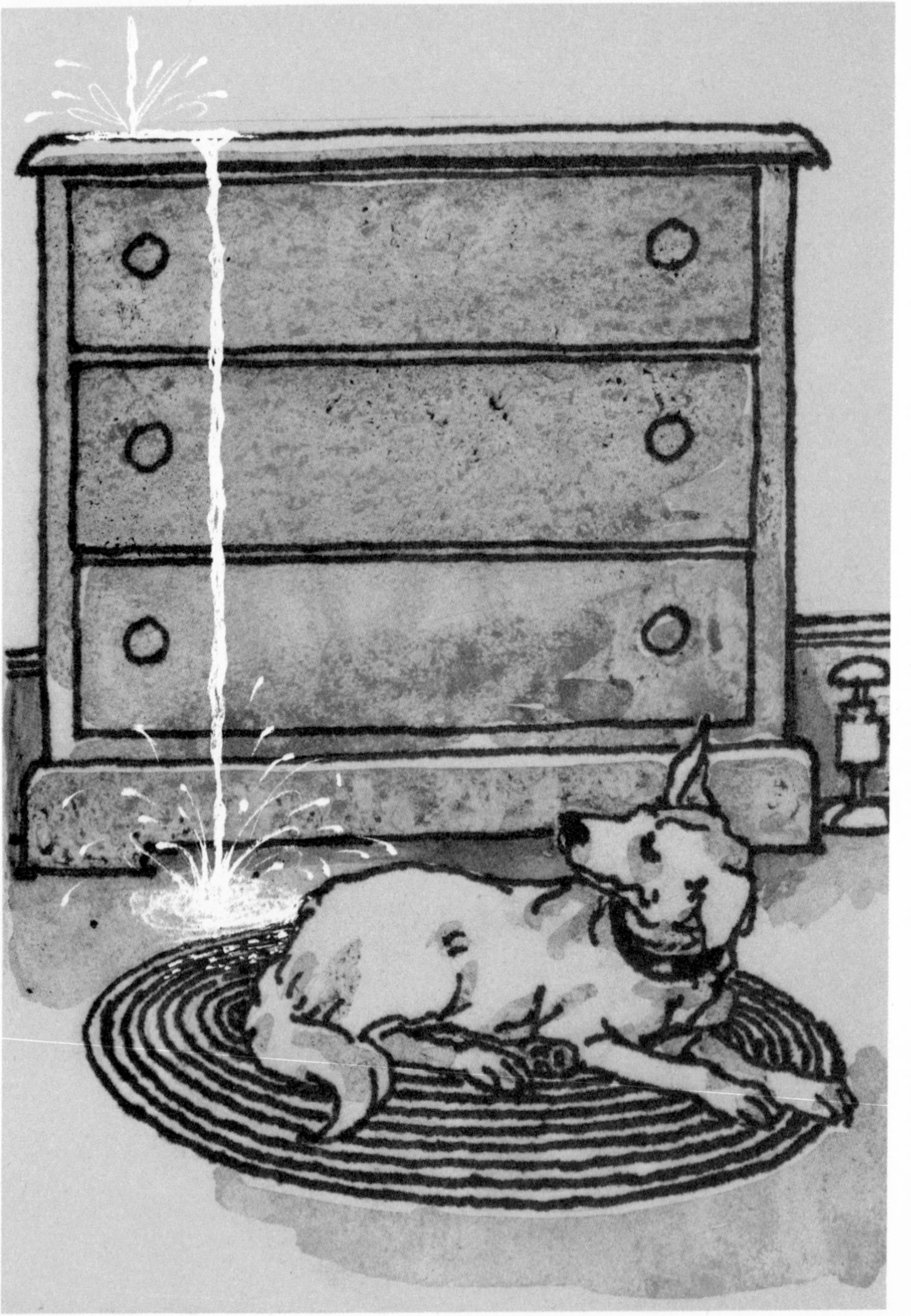

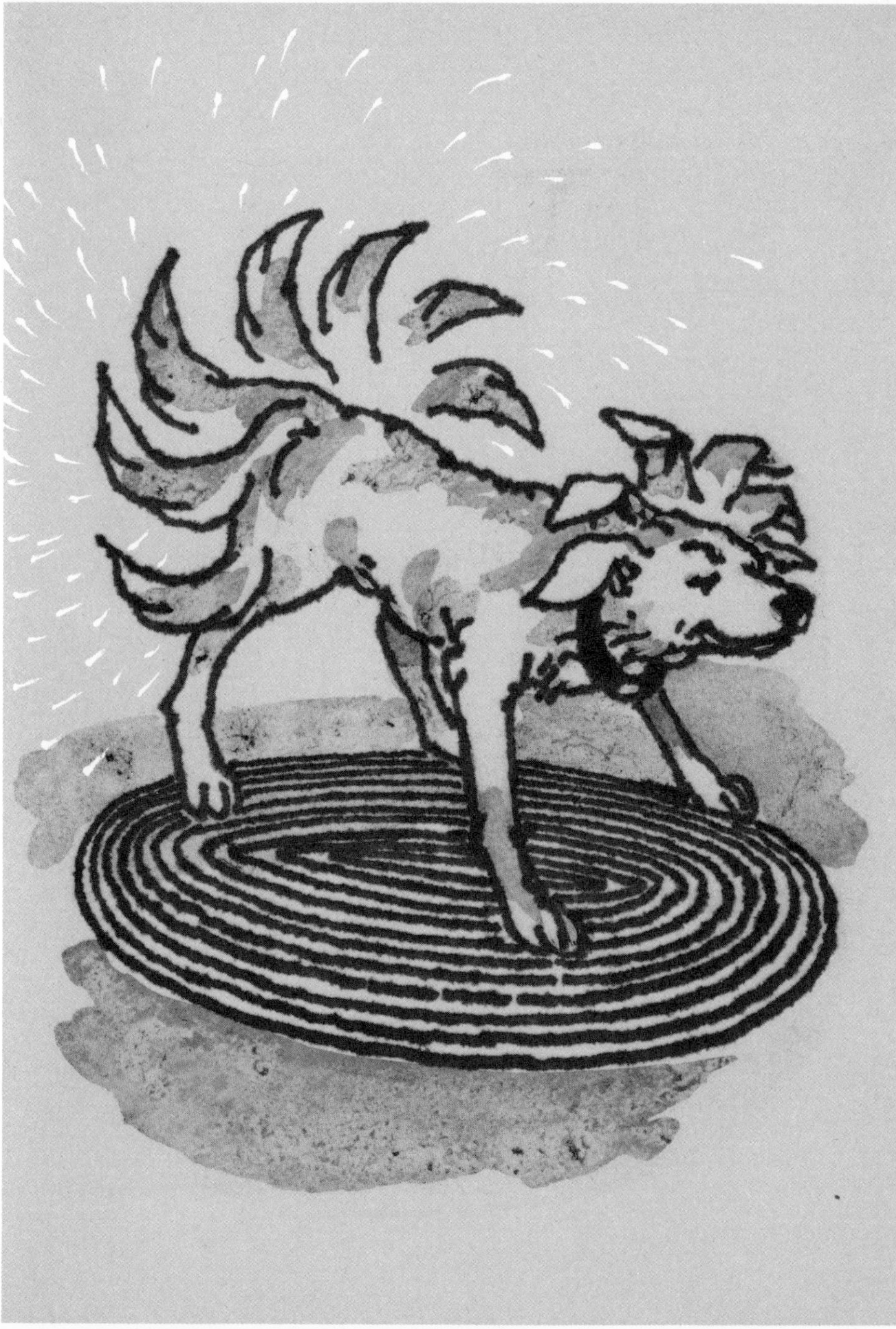

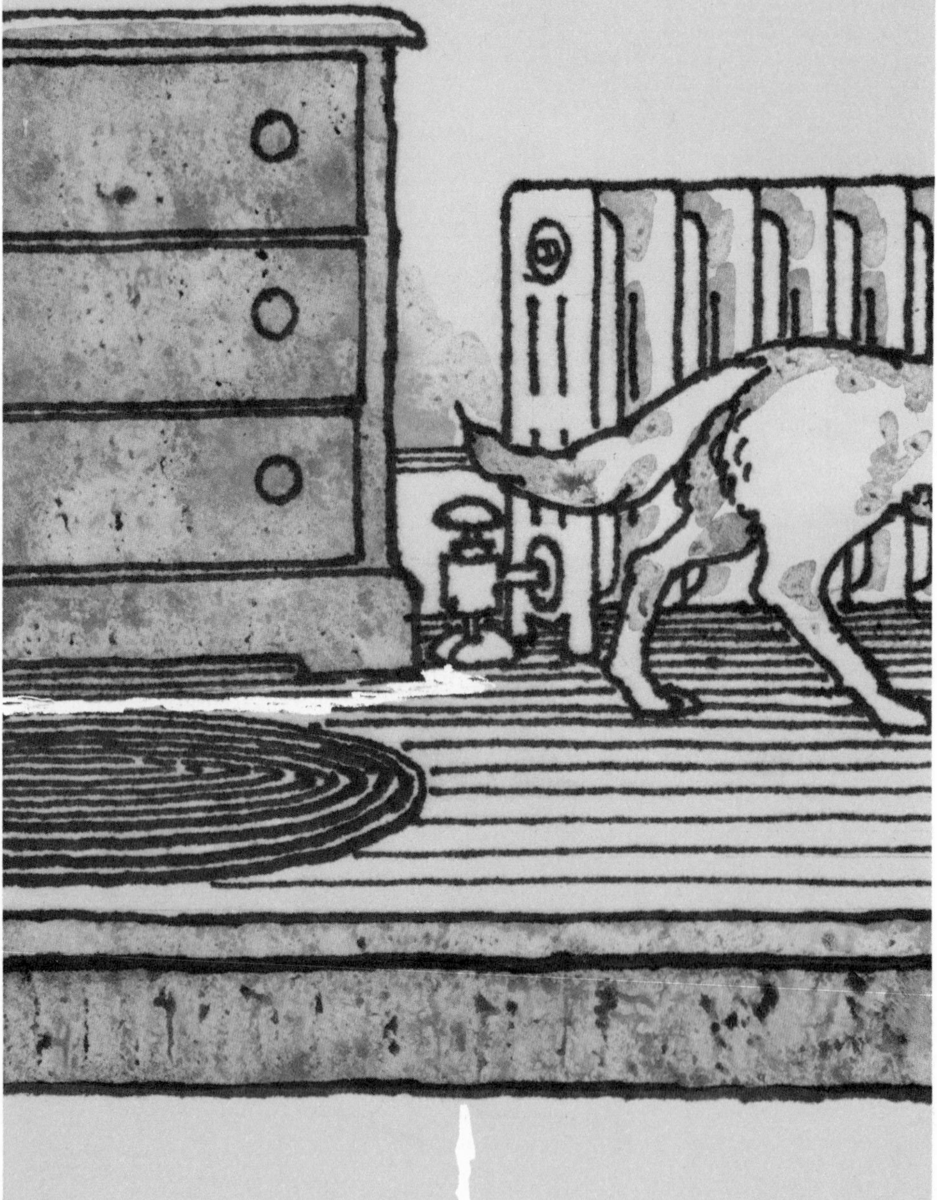

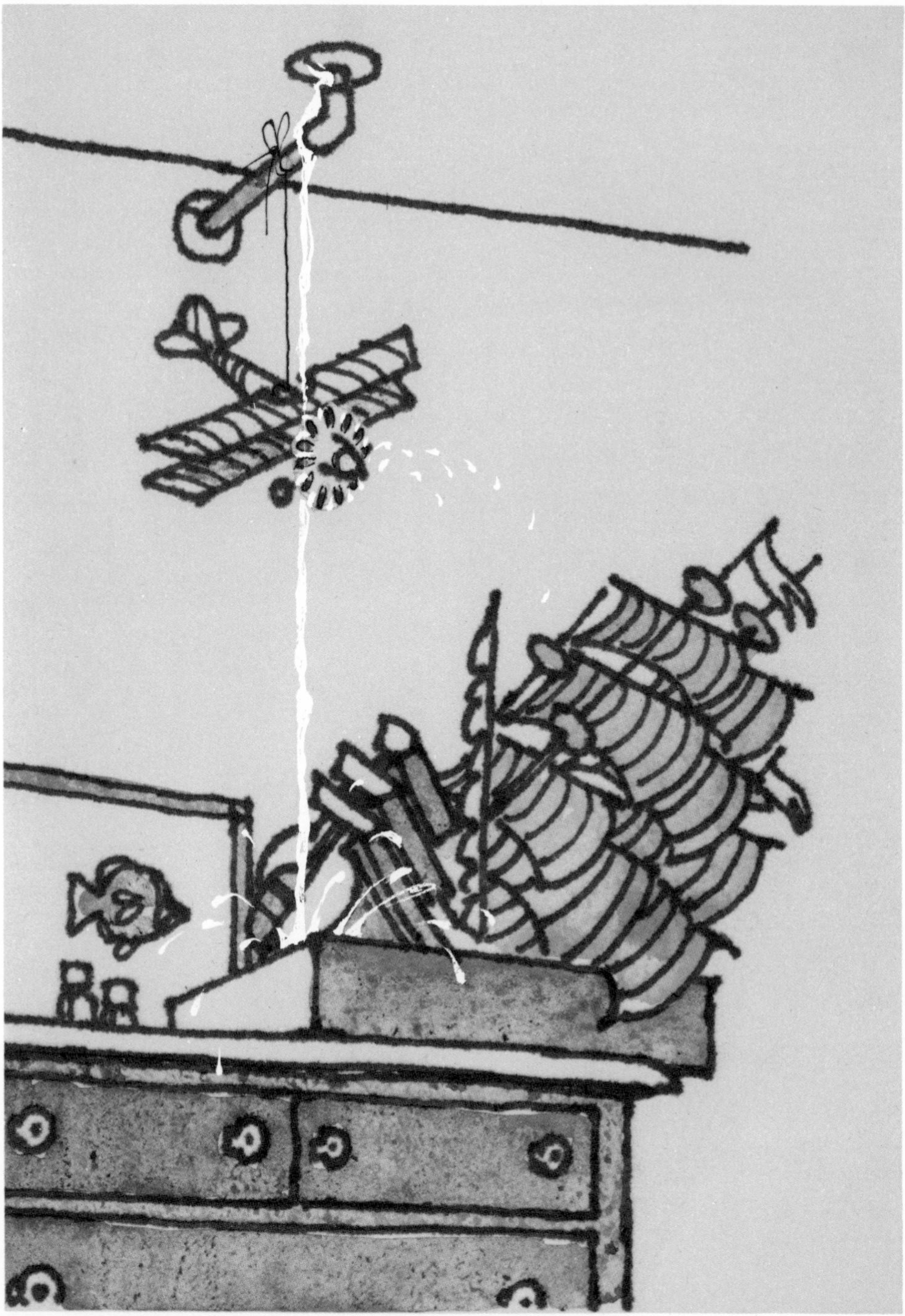

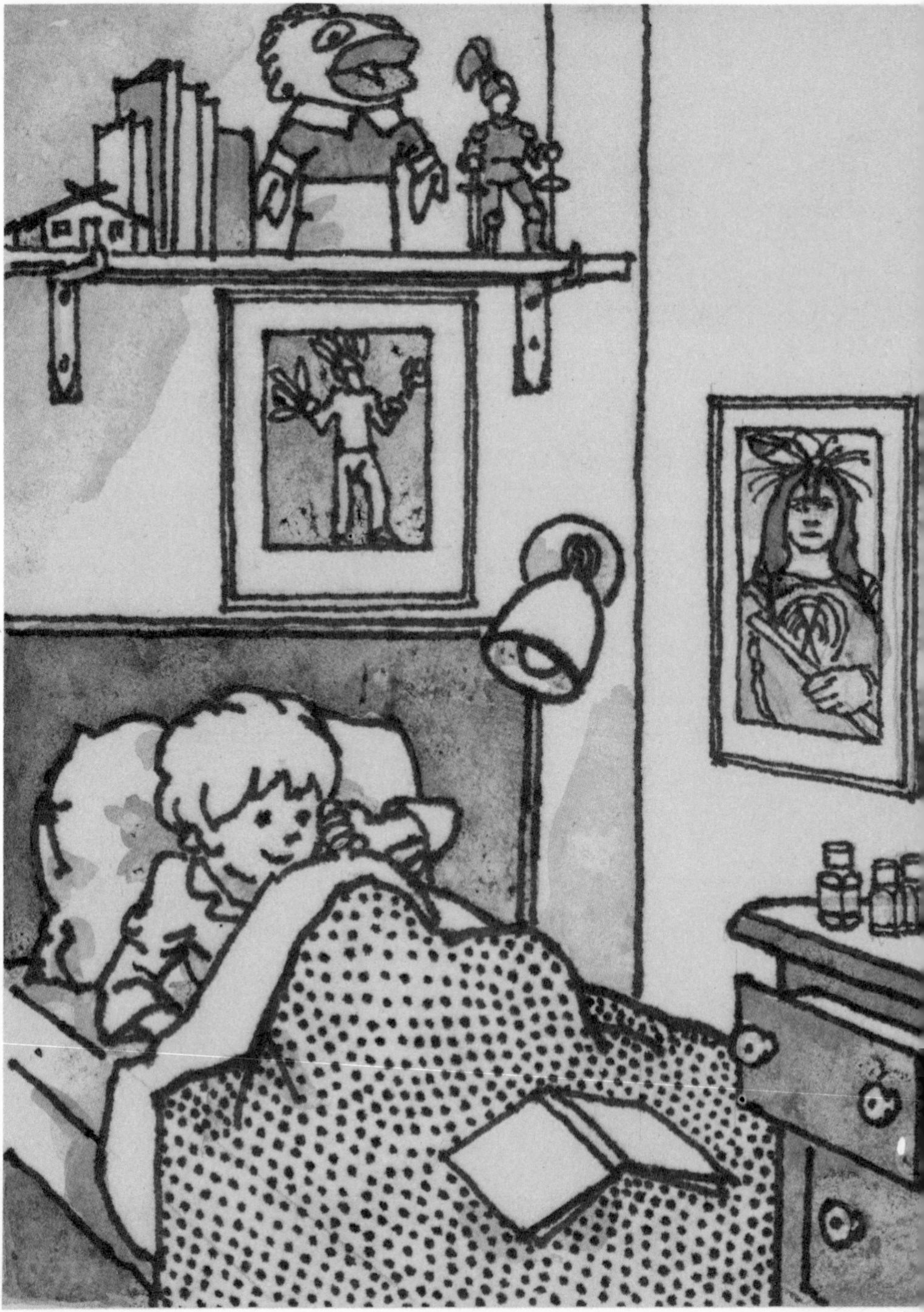

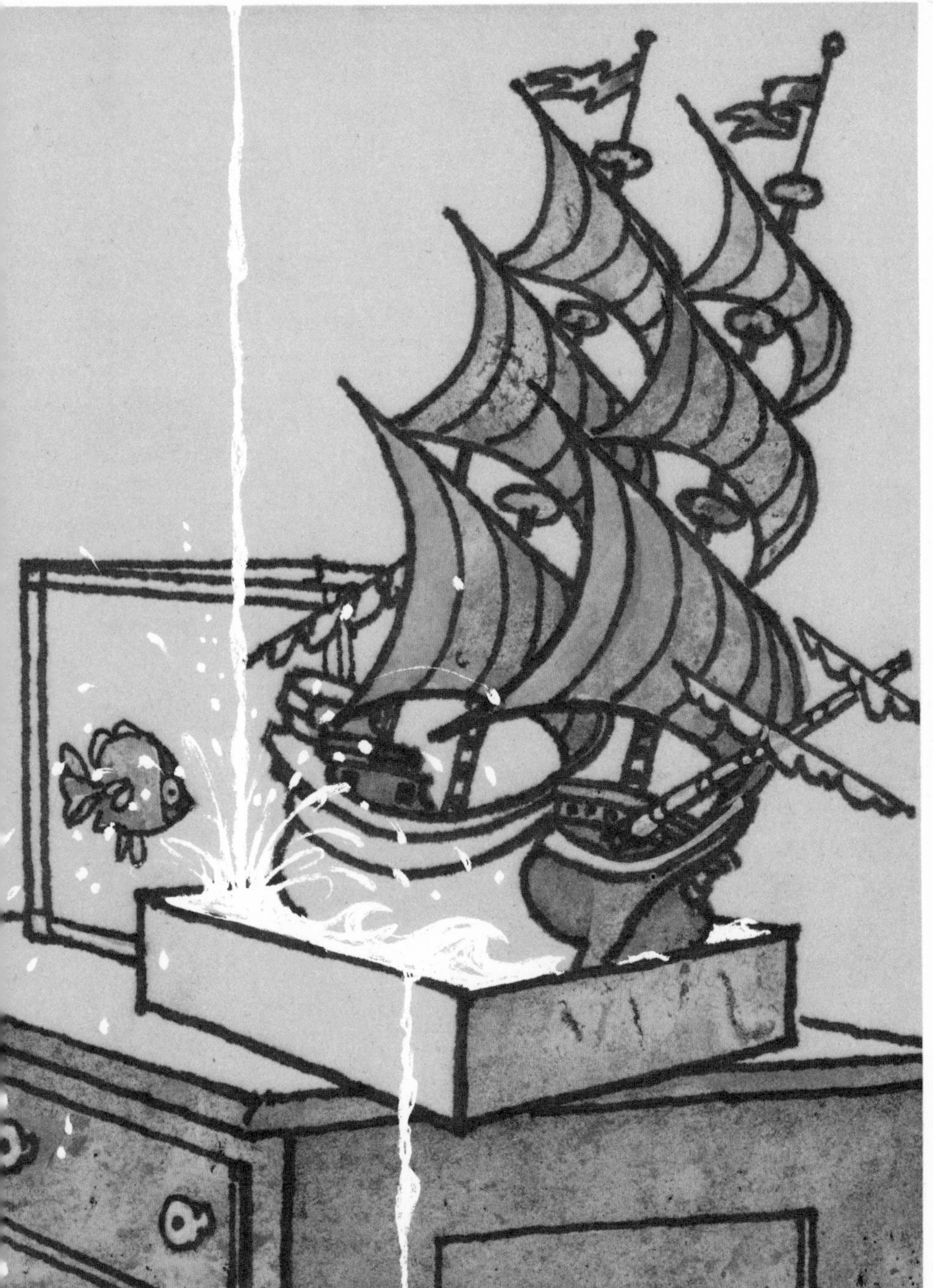

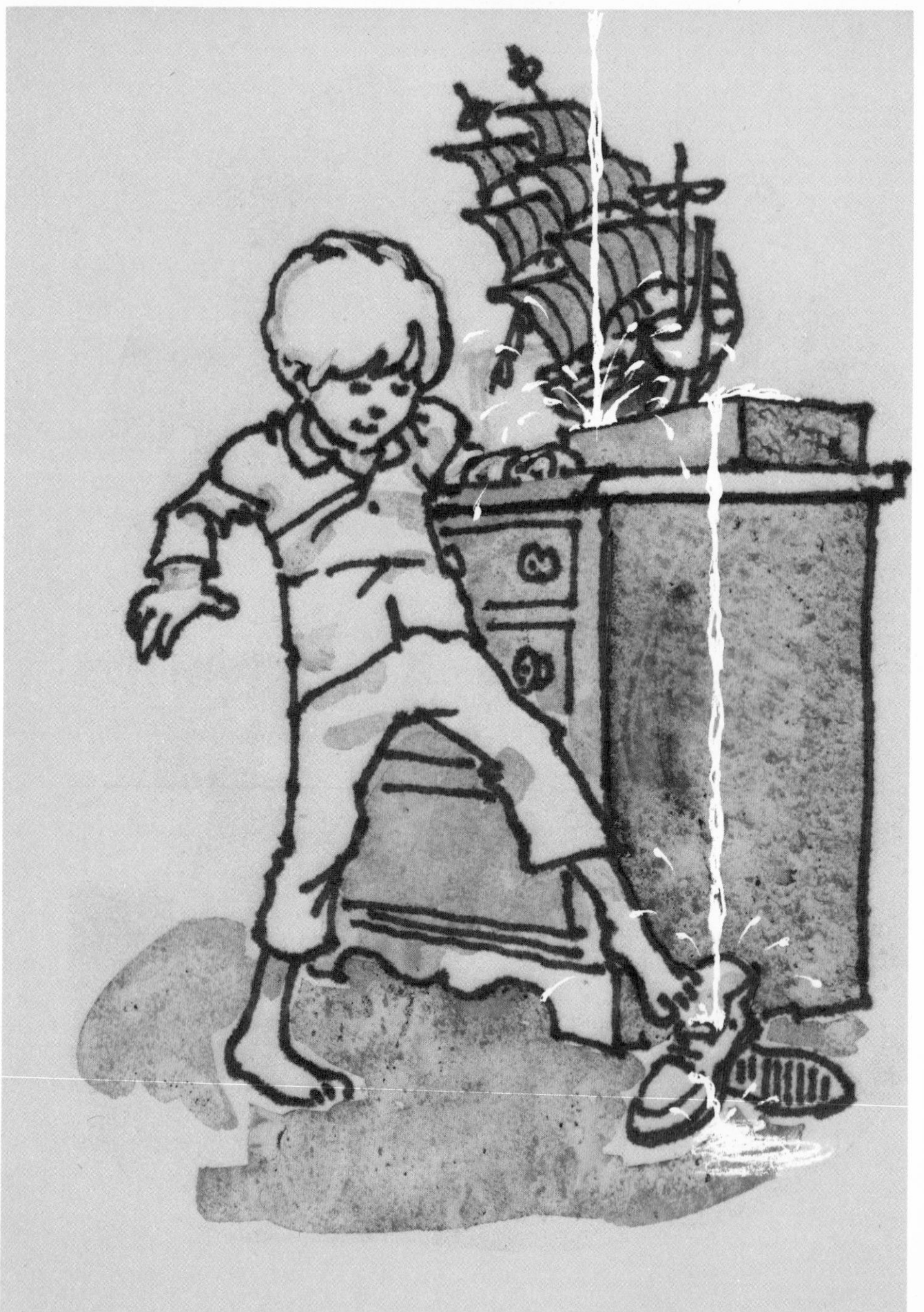

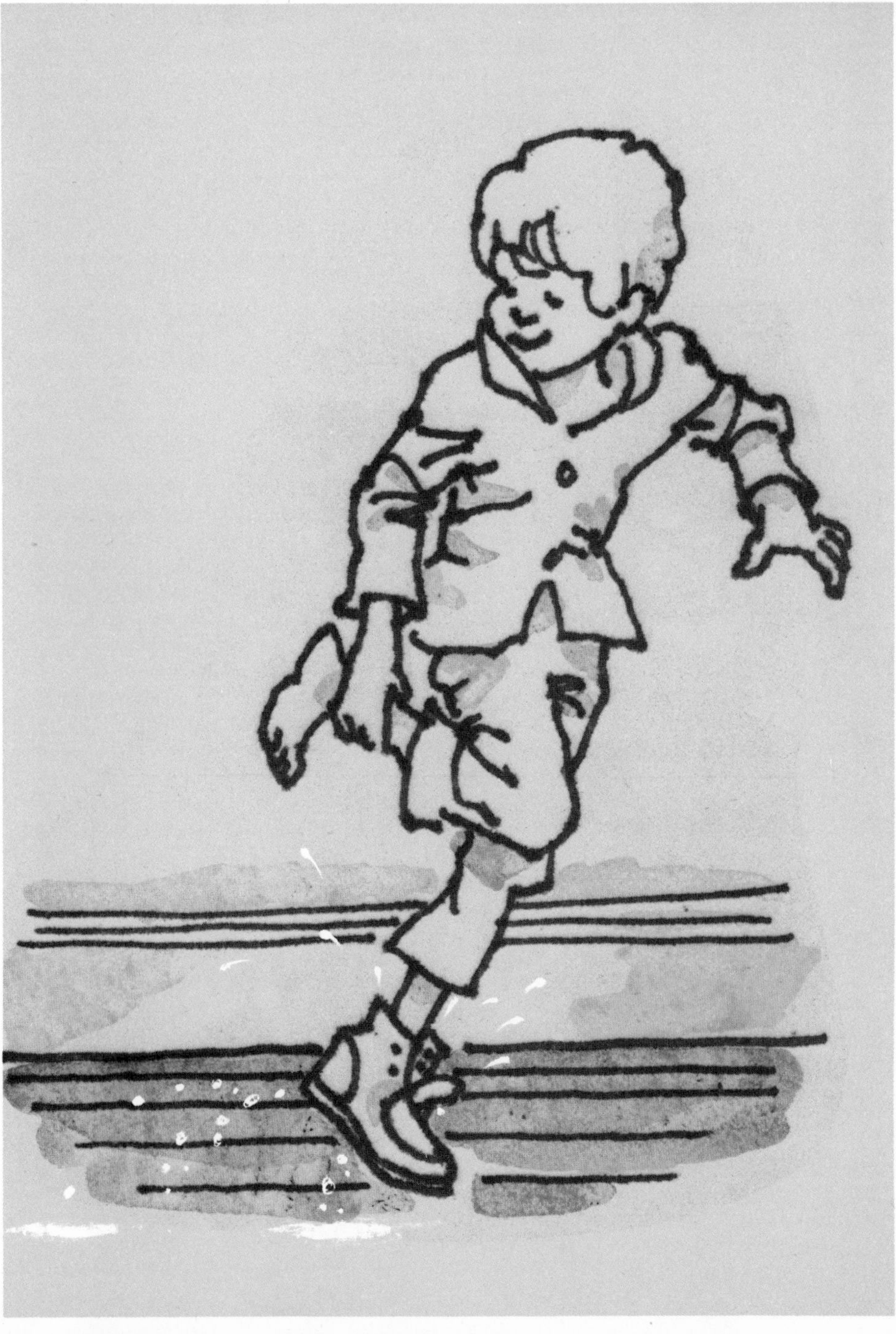

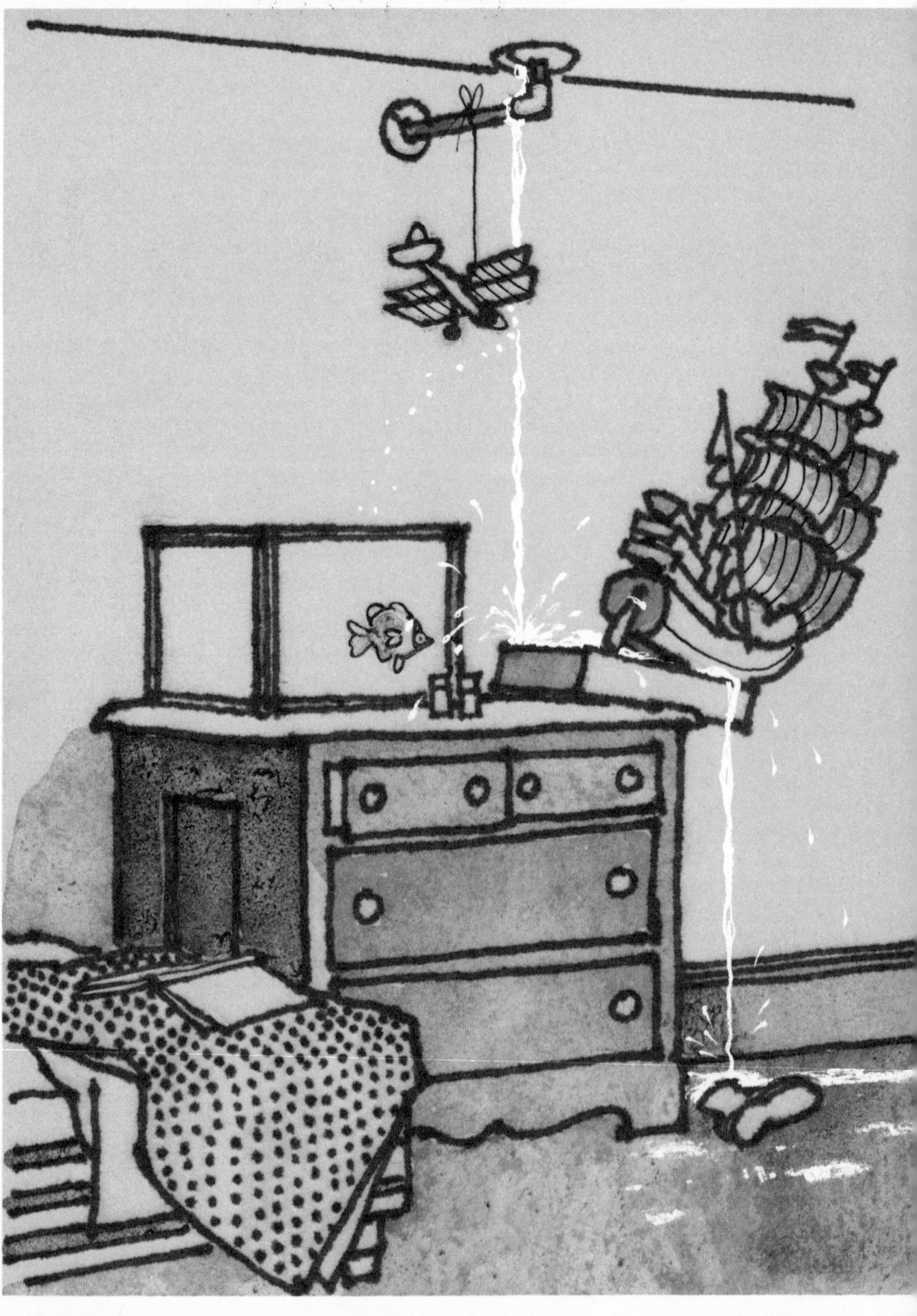

U. S. 1878987

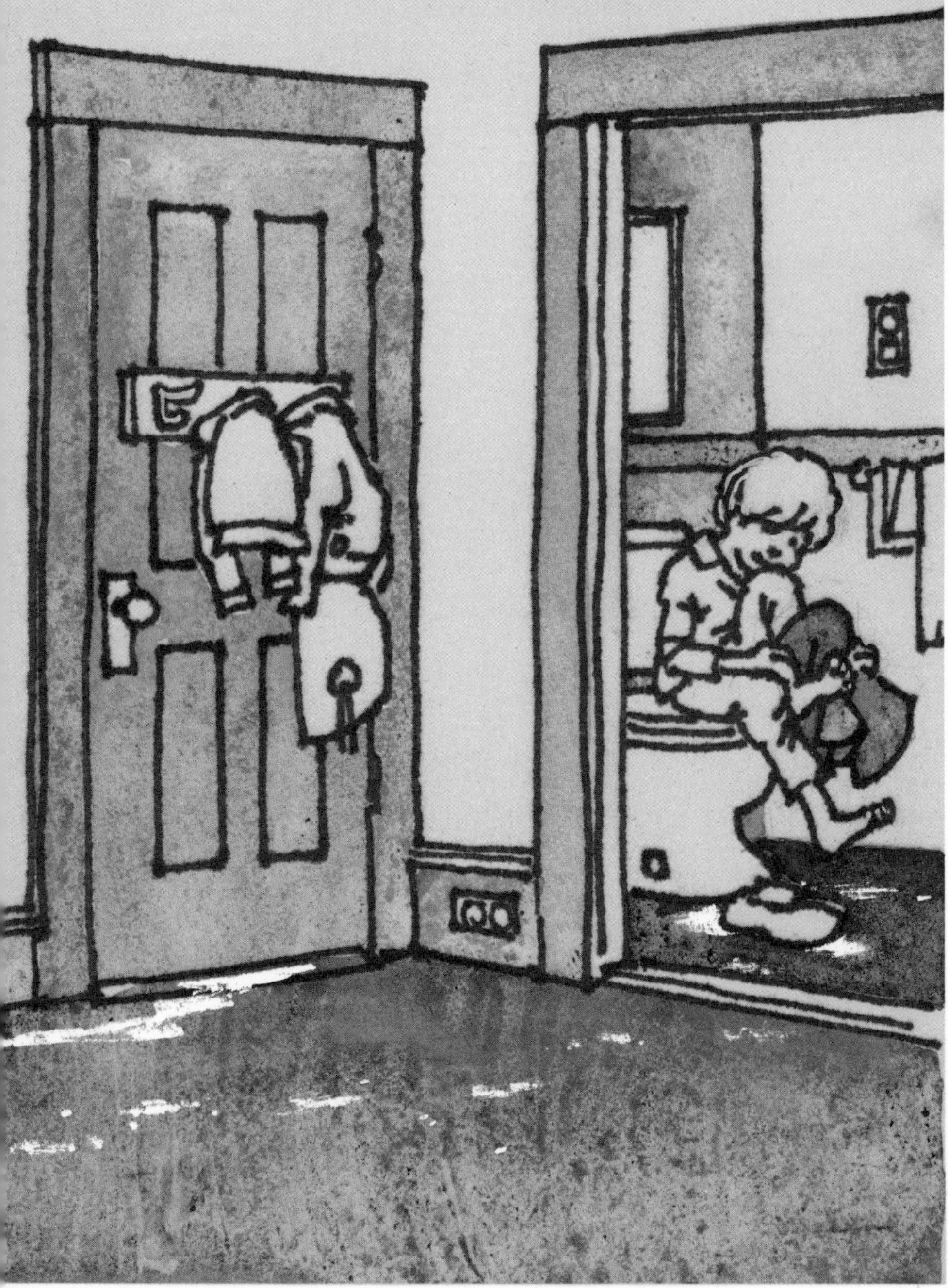

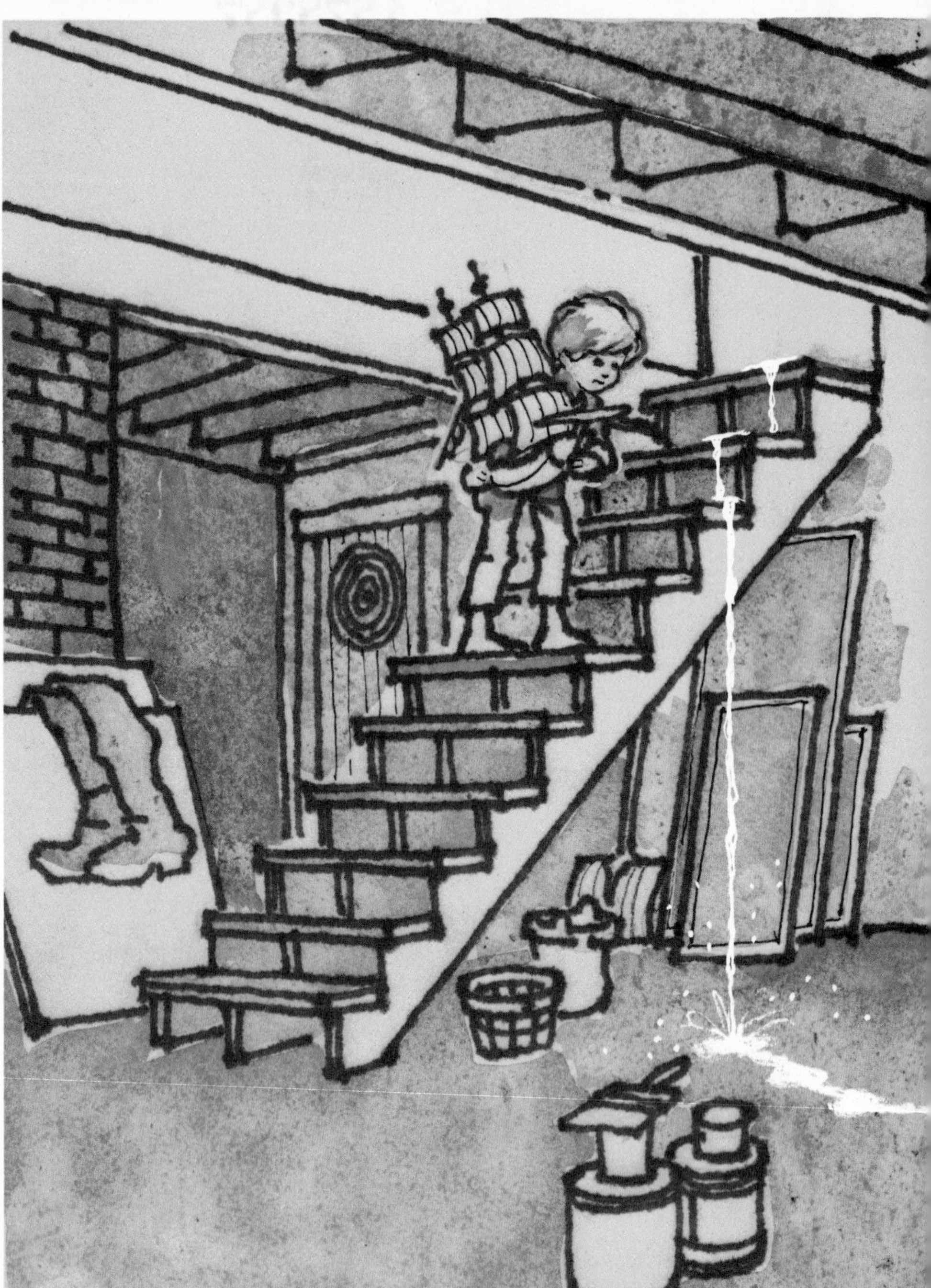

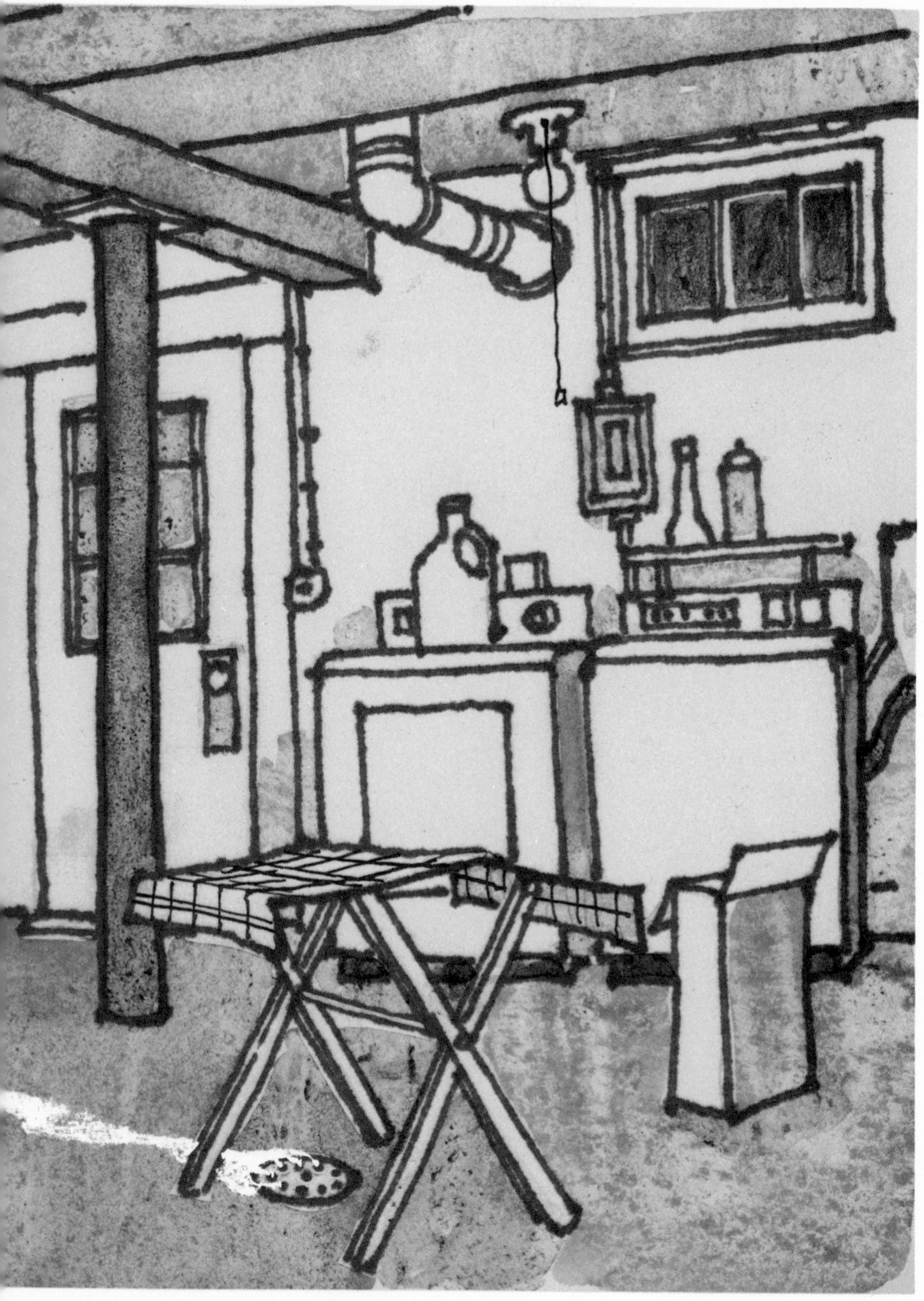

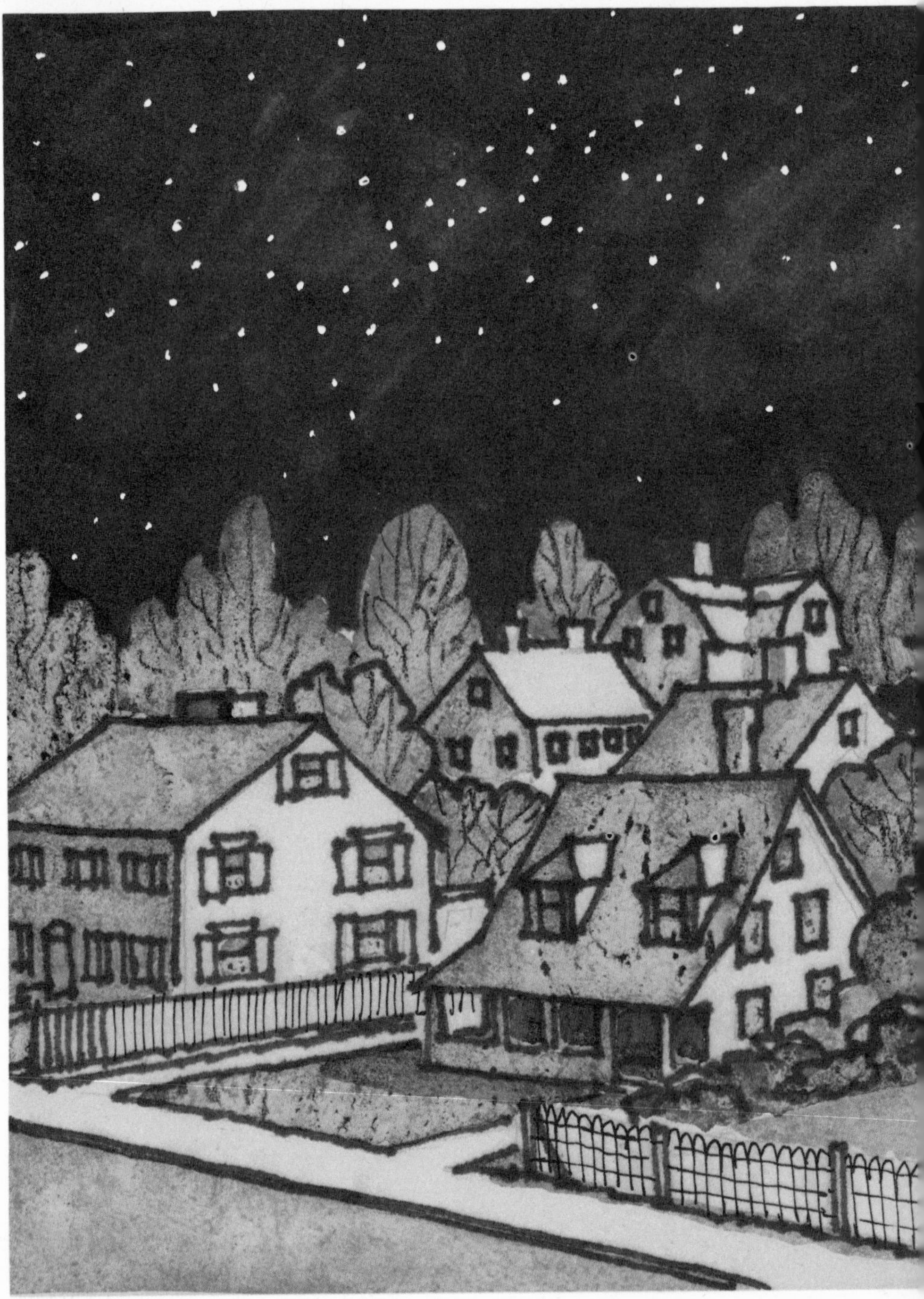

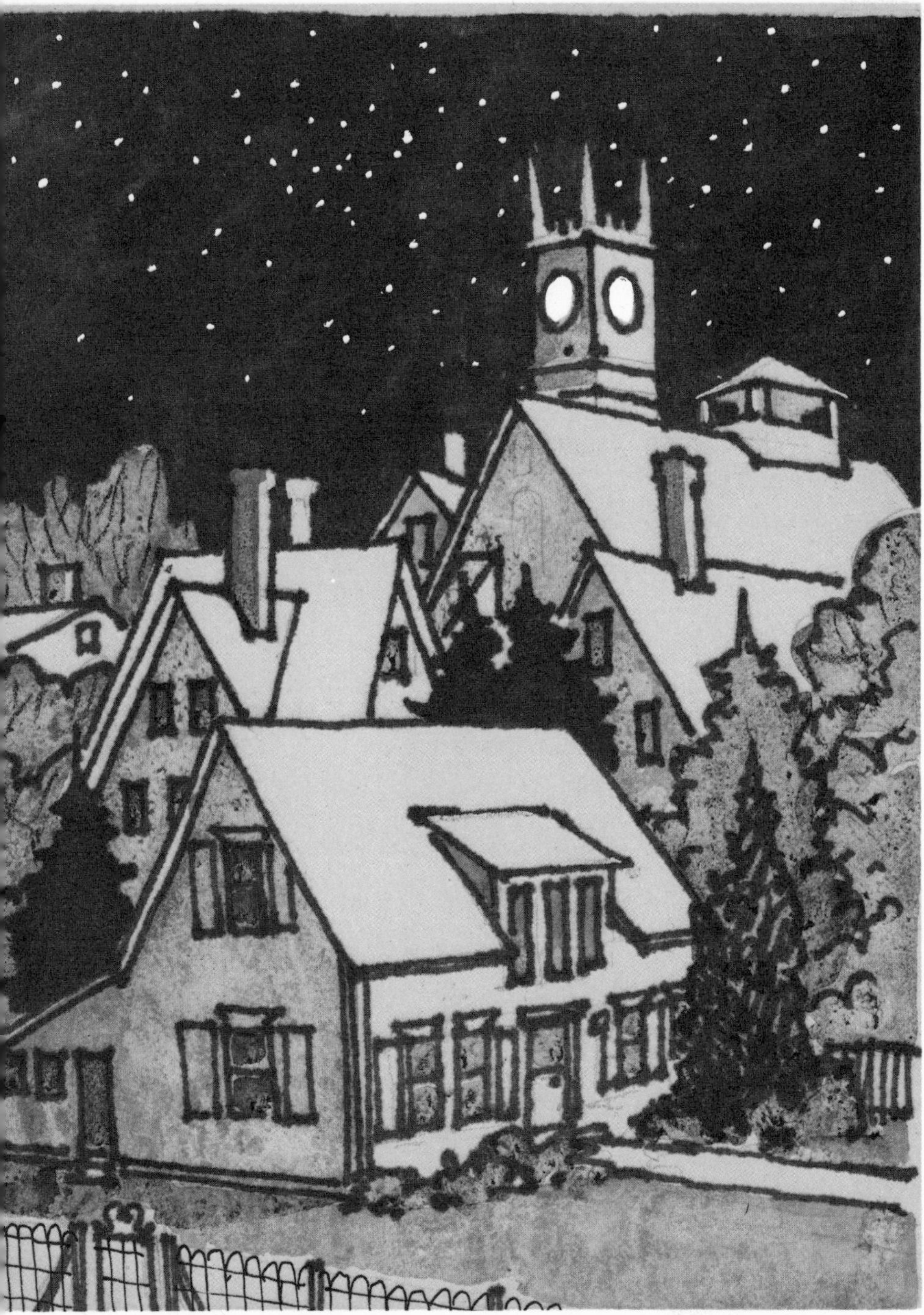

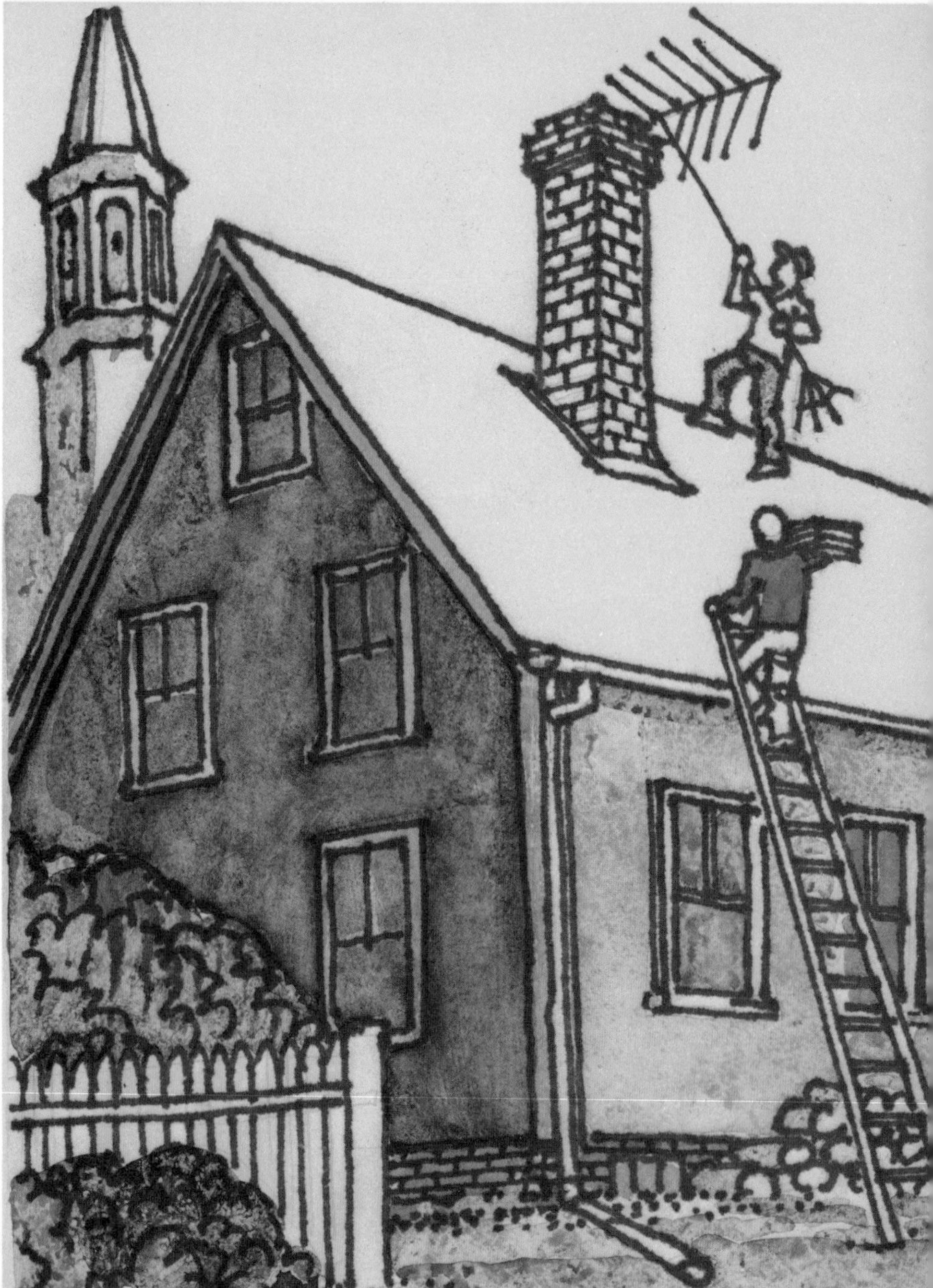

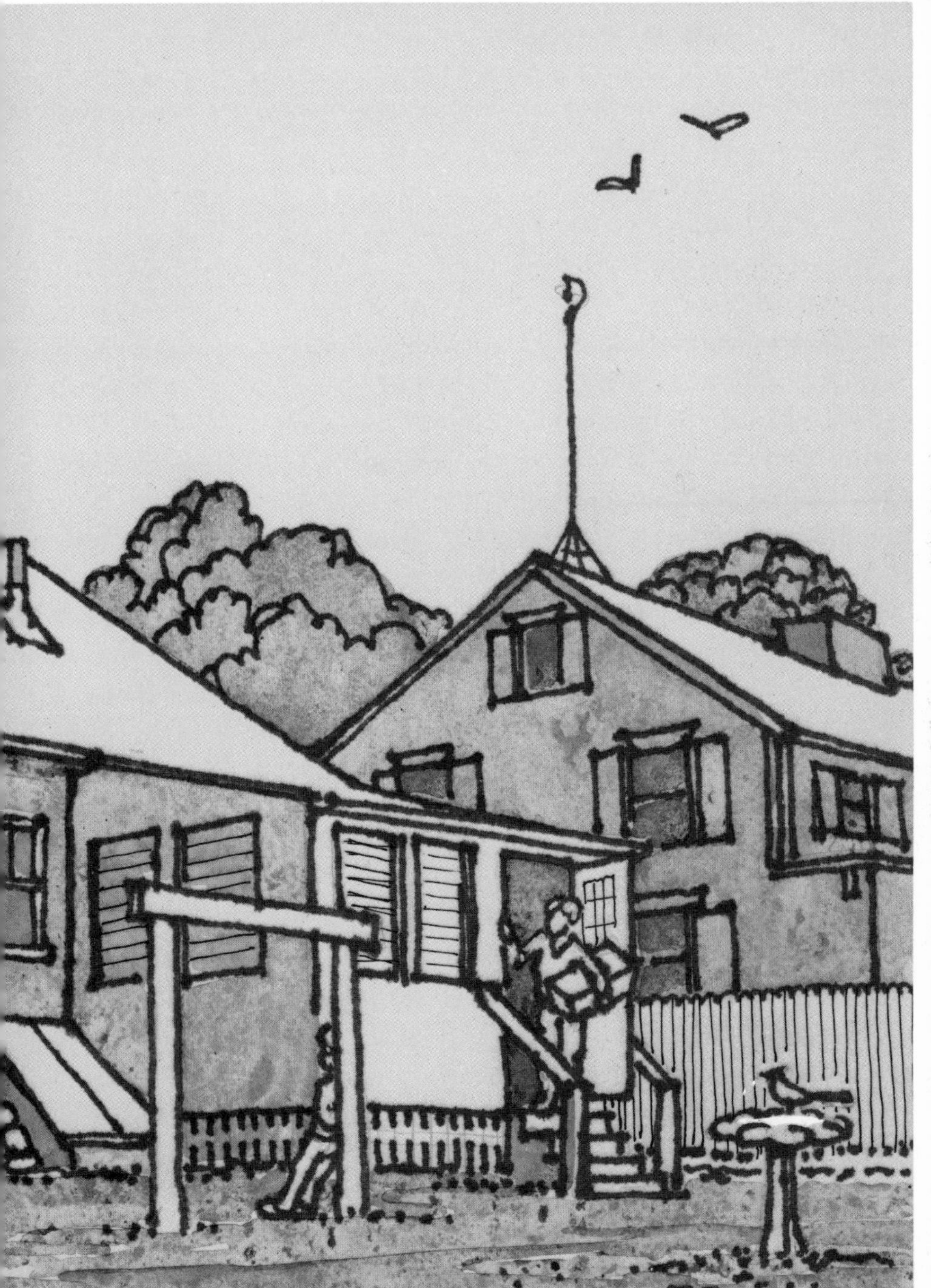

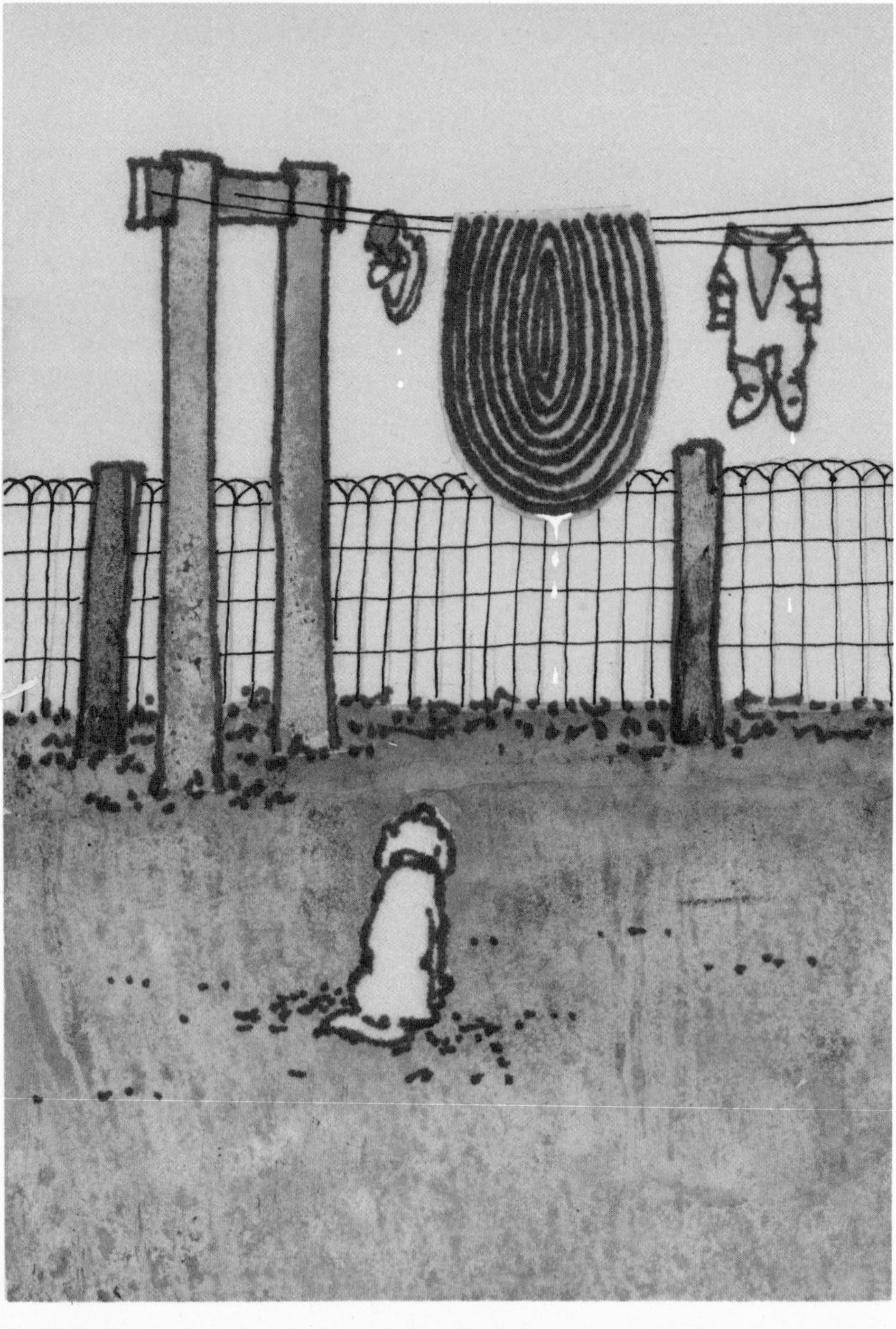

BOUND
HUNTTING
BOUND
HUNTTING
BOUND
HUNTTING
BOUND
HUNTTING
BOUND
HUNTTING
BOUND
HUNTTING
BOUND
HUNTTING
BOUND
HUNTTING
BOUND
HUNTTING
BOUND
HUNTTING
BOUND
HUNTTING